Die roten Federchen

„Heute ist Fiesta im Dorf. Du mußt hierbleiben, bitte, bleib doch heute hier!" Purisima versuchte, Raimondos Hand festzuhalten. Er riß sich los und rief ärgerlich:

„Ich muß arbeiten, ich will Geld verdienen. Laß die anderen nur feiern. Ich will nicht länger arm sein!"

„Haben wir denn nicht alles, was wir brauchen?"

Purisima ließ seinen Arm los und ihre Stimme wurde drängender.

„Wir werden satt, wir haben gesunde Kinder, wir haben ein festes Bambushaus. Ist das nicht genug?"

„Nein, das ist nicht genug. Ich will mehr, viel mehr!"

Der Mann stieß die Frau ein wenig zurück und lief hinunter zum Strand. Sein Gesicht, eben noch ärgerlich und zornig, leuchtete auf. Da lag sein Boot! Fünfzehn Fuß lang, mit stabilen Auslegern. Das war doch etwas anderes als das alte, oft geflickte Schlauchboot, mit dem er nie aus der Bucht herausgekommen war.

„Jetzt kann ich weit hinausfahren," dachte er. „Heute und morgen werde ich Korallen herausbrechen und Muscheln sammeln. Übermorgen kommt das große Passagierschiff. Dann werde ich mit vollen Körben am Strand stehen. Alle wollen sie Souvenirs. Ich werde viel Geld verdienen."

Während er das Boot losmachte und alles zurechtlegte, dachte er weiter: „Reich will ich werden, reich wie mein Nachbar, der Fischerboote vermietet, ein Steinhaus bewohnt, seine Frau mit Schmuck verwöhnt und die Kinder studieren läßt." Er setzte sich auf den Rand des Bootes, starrte auf das Wasser und träumte. Was könnte man nicht alles tun, wenn man nur reich wäre!

„Willst du hinaus, Raimondo?"

Eine Hand legte sich auf seine Schulter und Raimondo fuhr aus seinen Träumereien hoch.

„Ach, du bist es, Pedro. Ja, ich fahre hinaus. Willst du mitkommen?"

„Nein, nein, mein Junge. Meine Arme und Beine taugen nicht mehr für die Arbeit im Boot. Aber, hast du es vergessen? Heute ist Fiesta im Dorf. Und du willst hinaus? Bleib doch hier und sei vergnügt mit den anderen."

„Nein, nein, ich kann nicht, ich will nicht. Ich will Korallen und Muscheln holen. Ich will Geld verdienen, viel Geld."

Pedro schüttelte den Kopf.

„Du bist unzufrieden, Raimondo. Hast alles und willst doch immer mehr. Du solltest lieber deinem Schicksal danken."

„Danken? Wofür? Andere haben mehr als ich, viel mehr."

„Das mag gut sein. Aber andere haben auch viel weniger als du und sie sind zufrieden und können sich freuen. Glaub mir: Reichtum und Zufriedenheit sind zwei verschiedene Dinge. Aber wohin willst du heute?" Seine Stimme klang sehr besorgt.

„Ich will zum großen Riff," antwortete der Jüngere „dort gibt es die schönsten Korallen, die prachtvollsten Muscheln."

„Zum Riff?" Der alte Mann sah prüfend zum Himmel hoch. „Fahr nicht zu weit hinaus. Das Wetter schlägt um, ich fühle es in allen Knochen."

„Mach du dir nur keine Sorgen." Raimondo lachte. „Sieh nur mein neues Boot! Das ist sicher!"

Er stieß das Boot ab und tauchte das Paddel kräftig ins Wasser. Das Boot schoß unter den starken Stößen schnell durch das Wasser der Bucht.

„Ein guter Tag zum Tauchen". Raimondo lachte leise. „Ein guter Tag, um Geld zu machen."

Weit draußen ließ er das Paddel ruhen. Er war nahe am Riff. Durch das klare Wasser konnte er die Korallenstöcke am Grund des Wassers schemenhaft erkennen. Ein Leuchten lief über sein Gesicht.

Er ließ den Ankerstein fallen. Ruhig lag das Boot und der Mann machte sich fertig zum Tauchen. Er zog die Taucherbrille über sein Kraushaar und preßte die Gläser fest gegen Augenbrauen und Backenknochen. Einen Augenblick lang dachte er an Pedro's Warnung: das Wetter wird umschlagen! Umschlagen? Der Himmel war strahlend blau, ohne eine Wolke. Warum sollte es hier am Riff gefährlicher sein als anderswo? Er hatte ein gutes Messer und einen scharfen Bambusspeer. Was sollte ihm schon geschehen!

Mit einem Schwung ließ er sich vom Boot ins Wasser fallen.

Er tauchte den ganzen Tag. Zur Nacht hüllte er sich in ein Tuch und schlief auf dem Boden des Bootes.

Bei Sonnenaufgang war er schon wieder zum Tauchen bereit. Zufrieden sah er auf seine Ausbeute. Da lagen gelbe, weiße und blaßrosa Korallen und etliche Muscheln. Er dachte an einen Traum in der Nacht. Ein großes Passagierschiff hatte draußen auf Reede gelegen, die Passagiere hatten alle Korallen gekauft und sie mit Gold aufgewogen.

Der Mann schüttelte lachend den Kopf. Ein schöner Traum! Aber eben nur ein Traum. Doch er konnte zufrieden sein. Seine Korallen und Muscheln waren sicher die schönsten und er würde gute Geschäfte machen.
„Wie gut, daß ich nicht auf Pedro gehört habe," dachte er.
Mit den Fingern nahm er Reis aus dem Blechnapf, den Purisima ihm mitgegeben hatte.
„Das ist guter Reis," dachte er und aß voller Freude.

„Gib mir auch von deinem Reis und laß mich trinken," sagte plötzlich eine krächzende Stimme.
Erschreckt drehte der Mann sich um. Am Bug saß ein großer, bunter Vogel. Seine Federn waren zerzaust und sein Kopf hing schwer vornüber.
„Ich bin weit geflogen," krächzte der Vogel „habe mir wohl zuviel zugemutet. Nun sind meine Flügel lahm und ich bin hungrig und durstig. Gut, daß ich dich gefunden habe."
„Setz dich zu mir," sagte der Mann.

„Iß dich satt und hier, trinke von meinem Wasser. Es wird sicher für uns beide reichen."

„Ich danke dir. Du bist ein guter Mensch. Du hast mich gerettet. Wie ich sehe, sammelst du Korallen und Muscheln, aber du bist ganz allein? Wo sind die anderen aus deinem Dorf?"

„Sie sind alle bei der Fiesta," antwortete der Mann.

„Und du bist nicht dabei?"

„Nein, ich muß arbeiten, damit ich reich werde."

„Geht es dir denn so schlecht?" fragte der Vogel. „Hast du kein Dach über dem Kopf, müssen die Deinen hungern?"

„Oh nein, bestimmt nicht." Die Antwort kam hastig. „Ich habe eine gute Hütte, und alle Tage werden wir satt." Ein Anflug von Stolz kam in seine Stimme. „Wir haben einen Wasserbüffel und ein Reisfeld. Die Söhne sind schon groß und können helfen. Vor dem Haus haben wir Bananen, Mangos und Kokosnüsse."

„Ja, und das Boot? Gehört es auch dir?" fragte der Vogel weiter.

„Ja, es ist neu und gehört mir. Meine Frau verdient mit Nähen. Du siehst, es geht mir gut."

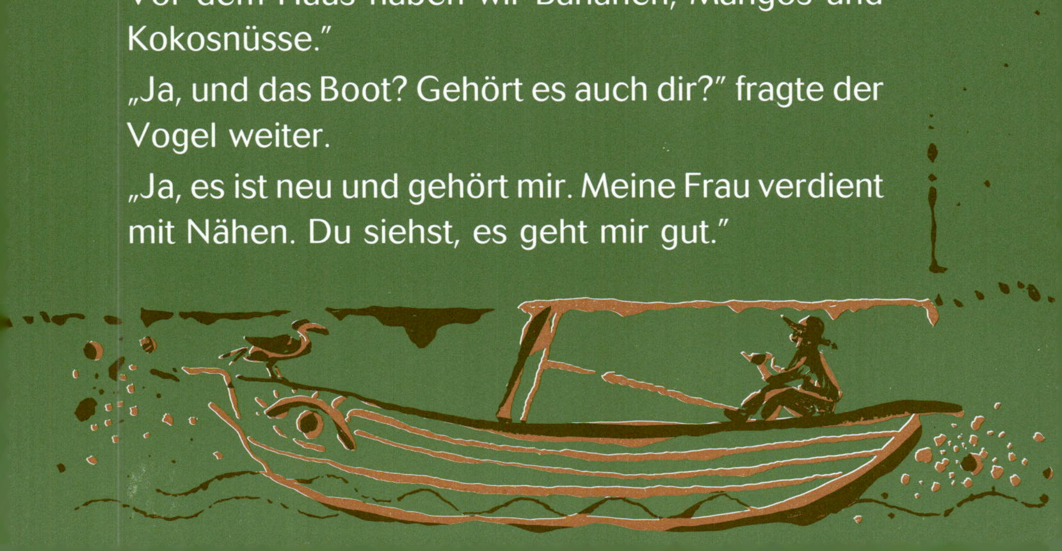

„Dann müßtest du doch sehr dankbar und glücklich sein," sagte der Vogel und sah sehr ernsthaft aus.

Der Mann zögerte einen Augenblick mit der Antwort.

„Doch, eigentlich schon," sagte er dann langsam. „Aber es reicht nicht. Ich will mehr! Ich will reich sein, ich will --- ich will --- ja, ich will der reichste Mann im Dorf sein!"

„Glaubst du, daß du dann glücklicher bist? Reichtum ist nicht Glück."

„Das hat Pedro auch gesagt," stieß der Mann ärgerlich hervor. „Aber ich glaube es nicht. Meine Söhne sollen studieren, die Tochter soll...."

„Man soll nicht Alles wollen." Die Stimme des Vogels klang warnend. „Zuviele erfüllte Wünsche bringen oft Sorgen, Krankheit und schlechten Schlaf in der Nacht. Doch sei es wie es sei: du hast mir geholfen und so will ich dir helfen. Gib jetzt acht!"

Der Vogel riß sich mit dem Schnabel eine kleine rote Brustfeder aus.

„Der Wind wird diese kleine Feder forttragen. Wo sie das Wasser berührt, mußt du tauchen, tief, bis du den Grund berührst. Du wirst dort Korallen aus purem Gold finden. Aber nur zwei gehören dir. Sie stehen abseits von den anderen. Ich warne dich!

Nur diese zwei gehören dir, nur sie darfst du mitnehmen. Versuche nicht, mehr als diese zwei zu brechen. Es wäre dein Verderben!"

Der Vogel stieß sich vom Boot ab und flog mit kräftigen Flügelschlägen geradewegs in die Sonne hinein.

Raimondo starrte ihm einen Augenblick lang nach. Wo war die Feder? Er sah sie ruhig auf dem Wasser schaukeln. Mit schnellem Schwung ließ er sich über Bord fallen und schwamm zur angegebenen Stelle, er tauchte und eine Wunderwelt tat sich vor ihm auf: Vom Grund her glitzerten breit ausladende armdicke Korallenstücke und alle waren aus purem Gold! Das war ein Leuchten und Funkeln. Es schien sich ihm in die Augen einzubrennen. Etwas abseits ragten zwei fingerdicke Korallenstöcke aus dem Sand. Auch sie waren aus purem Gold - aber warum waren sie so klein? Der Mann war enttäuscht. Er schlug sie schnell ab und stieß sich hoch. Oben legte er die beiden Ästchen behutsam auf den Boden des Bootes.

Er würde vieles damit kaufen können, bestimmt, doch was waren diese kleinen Stückchen im Vergleich zu den armdicken Stücken, die er eben dort unten gesehen hatte.

Er blickte auf das Wasser hinaus.
Es lag ruhig vor ihm.

„Ich will mehr," schrie der Mann. „Ich will alles! Ich will der Reichste des Landes sein und ich kann es werden, da unten ist Gold genug. Der Vogel mit seinen Warnungen ist wie der alte Pedro. Ich will mein Glück packen. Was soll mir denn schon geschehen?"

Er ließ sich rücklings ins Wasser fallen und schwamm vom Boot fort. Wo war das rote Federchen? Er konnte es nicht mehr sehen. Auf gut Glück tauchte er und landete auf dem Grund mitten in den Goldkorallen. Aber sie ließen sich nicht brechen. Sie waren scharf wie Messer und schnitten tiefe Wunden in seine Hände und Arme. Doch Raimondo fühlte keinen Schmerz. In ihm war nur der eine Gedanke: Gold, Gold, Gold! Soviel das Boot tragen konnte. Ich werde der Reichste sein!

Er fühlte, wie das Wasser in Bewegung kam. Es wurde trübe und die Luft wurde knapp. In Todesangst wollte er sich vom Boden abstoßen. Doch die Korallen ließen es nicht zu. Die schimmernden Äste schlossen sich um ihn, hielten ihn fest wie in einem Käfig mit goldenen Stangen. Seine Brust schmerzte, sein Kopf dröhnte. Noch einmal versuchte er, sich aus der Umklammerung zu reißen. Es war vergebens!

Oben raste ein Sturm über Riff, Bucht und Dorf.

Tage später spülte das Meer Raimondos Boot an den Strand vor dem Dorf. Von ihm selbst fand man keine Spur.

Als Purisima unter Wehklagen mit ihren Kindern das Boot leerräumte, fanden sie unter Muscheln und Korallen eine kleine rote Feder.

„Sieh nur, Mutter," sagte der jüngste Sohn, „hast du schon einmal eine schönere Feder gesehen?"

„Nehmt das Federchen mit euch," krächzte eine Stimme aus dem Mangobaum über ihnen. „Nehmt es mit. Es soll euch Glück bringen, aber es soll euch auch immer daran erinnern, daß man Glück und Zufriedenheit nicht mit Gold erkaufen kann."

Oben im Baum saß ein großer bunter Vogel mit leuchtend roten Brustfedern. Er breitete seine mächtigen Flügel aus und ließ vor die Füße der Kinder zwei fingerdicke Korallenstücke fallen. Sie waren aus purem Gold.

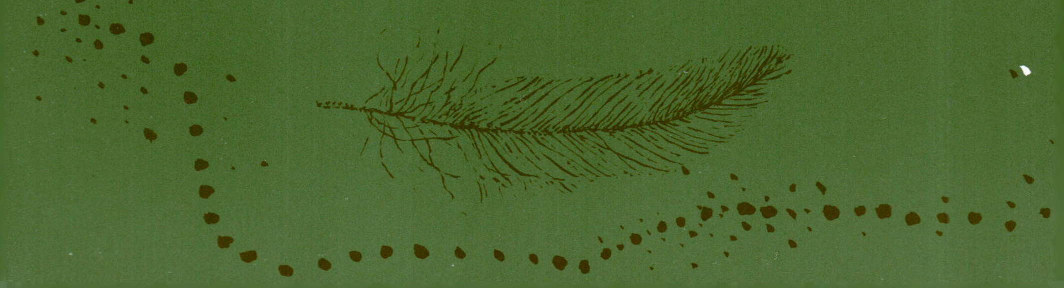

Er flog auf und es schien, als flöge er direkt in die Sonne hinein. Von seiner Brust lösten sich unzählige kleine rote Federchen und der Wind spielte mit ihnen und trug sie fort.

Vielleicht findest du eines dieser roten Federchen. Nimm es mit nach Hause, bewahre es gut und denke daran: Glück und Reichtum sind zwei verschiedene Dinge.